갈래의 미학

갈래의 미학

황윤정 소설

교유서가

차례

갈래의 미학

엄마를 요양원에 다시 데려다주고 난 뒤에 버스 안에서 우연히 세라의 딸 재이를 만났을 때 나는 이것이 어쩌면 내 인생의 라이트모티프(leitmotiv)일지도 모른다고 생각했다. 그리고 동시에 이런 사고의 패턴이 지극히 세라스럽다고 느꼈고, 한편으로는 세라와 한창 어울려 지내던 이십대 중반 무렵까지는 한 번도 세라스럽게 생각한 적이 없었는데 오히려 십오 년이라는 세월이 훌쩍 지난 지금에 이르러서야 비로소 그럴 수 있게 되었다는 것을 깨달아 내심 놀라고 말았다.

당시의 세라는 〈클래식의 이해〉라는 교양 과목에서

배운 라이트모티프라는 용어를 하루에도 몇 번씩 입에 담곤 했었다. 라이트모티프란 악극에서 반복적으로 나타나는 중심 악상을 가리키는 용어였다. 가령 주인공이 죽는 어떤 오페라에서는 그전부터 계속 죽음을 암시하는 선율이 변주되며 되풀이될 것이고 그런 짧은 선율의 단위를 라이트모티프라고 부를 수 있는 것이었다. 세라는 말했다. 이제는 연극이나 문학 등에도 쓰이는 개념인 라이트모티프가 우리의 인생 속에도 있을지도 모른다고, 우리가 무심코 겪는 사소한 에피소드부터 심각한 사건에 이르기까지 일상의 모든 순간이 어쩌면 우리의 인생을 결정짓는 일종의 중심 악상일지도 모른다고. 세라는 가면 갈수록 그런 믿음에 완전히 심취한 것처럼 보였다. 계절보다 빨리 피어난 꽃을 발견했다든지, 첫사랑이었던 선배의 결혼식 날 구두 밑창이 뜯어졌다든지, 횡단보도를 건너다가 신호를 위반한 자동차에 발을 밟혔다든지, 무슨 일이 있어도 세라는 씩 웃으며 마치 자신의 인생에 대한 어떤 전조를 느끼는 것처럼 중얼거렸다.

이게 어쩌면 내 인생의 라이트모티프일지도 몰라.

사실 나는 세라의 그런 태도가 마음에 들지 않았다.

인생에는 라이트모티프가 존재할 수 없고 또 존재하면 안 된다고도 생각했다. 특히 그때의 나는 취업에 번번이 실패하는 시기를 지나고 있었기에 내가 겪는 일들을 라이트모티프로 인정해버린다는 것은 곧 스스로 내 인생을 비극으로 낙인찍는 것과 다름없었고, 그러면 정말 패배주의 혹은 허무주의에 휩싸여 그 시기를 극복해내지 못하게 될까봐 두려웠다.

물론 세라에게 이런 이야기를 한 적은 단 한 번도 없었다. 어차피 이야기한다고 해도 세라는 이해하지 못할 거라고 짐작했다. 다리가 아프면 아무렇지도 않게 택시를 탈 수 있는, 꽤 높은 경쟁률을 뚫고 꿰찬 인턴 자리를 조금 기분이 상했다는 이유로 하루 만에 그만둘 수 있는, 나와는 완전히 다른 처지인 세라가 나에게 공감하기란 쉽지 않을 거라 여겼다. 돌이켜보면 나와 세라는 닮은 점이 거의 없다고 봐도 무방했다. 기껏해야 커피를 좋아해서 카페에 자주 간다는 점을 꼽을 수 있으려나. 그런데 심지어 카페에 가서도 세라는 늘 라떼만 마셨고 나는 늘 아메리카노만 마셨으니 결국 이 또한 닮은 점이라고 우기기엔 모호했다.

참 이상한 일이었다. 아예 모르는 사람과도 이야기

를 하다보면 비슷한 구석을 종종 발견하기 마련인데 세라와 나는 어떻게 그렇게까지 다를 수 있었는지. 그토록 다른 우리가 어떻게 인생의 한 시기를 함께할 수 있었는지. 나는 당시에도, 대학을 졸업하고 드디어 취직을 하고 나서도, 그리고 세라와 멀어진 이후에도 종종 그 시절의 우리가 누구보다 가까운 인연으로 맺어질 수 있었던 이유를 상기하려 애썼지만 그때마다 명쾌한 해답을 찾을 수 없었다. 특별한 계기가 있었을 법도 했으나 도무지 기억나는 장면이 없었다. 어렴풋한 과거의 이미지에 둘러싸여 그냥, 아무래도 그냥 어울리게 된 것 같다고 되뇔 뿐이었다.

그런데 이제 와서 내가 그때의 세라처럼 변하기라도 한 걸까?

버스 맨 뒷자리에 앉아 있던 나는 교복을 입은 재이가 멀리서 단말기에 카드를 찍는 모습을 물끄러미 응시했다. 재이를 실제로 본 건 처음인데도 한눈에 재이라는 것을, 세라의 딸이라는 것을 알 수 있었다. 조그마한 얼굴과 살짝 처진 눈매, 호리호리한 체형까지 누가 봐도 세라와 닮아서였기도 했고 공교롭게도 얼마 전에 세라의 SNS에서 이미 얼굴을 보아서였기도 했다.

나는 세라와 SNS 친구는 아니었지만 가끔 다른 친구의 계정을 타고 들어가거나 혹은 더 드물게는 직접 세라의 이름을 검색해서 들어가 세라의 계정을 둘러보곤 했는데, 최근 한 피드에 의하면 재이는 올해에 중학교에 들어갔으며 초등학교 때와는 달리 버스를 타고 등하교를 하게 되었다고 했다. 나는 시선을 돌려 잠시 창밖을 바라보았다. 교문 밖으로 학생들이 쏟아져나오고 있었다. 저마다 짝을 지어 대화를 나누며 웃는 모습을 유심히 지켜보다가 고개를 다시 앞으로 돌렸다. 어느새 재이는 요금을 내고 자리를 찾아 안쪽으로 걸어오고 있었다. 나와 재이의 거리가 점점 더 가까워졌다. 나는 재이가 나를 알아볼 리가 없는데도 괜히 초조했다.

문득 엄마의 요양원을 정할 때 오빠와 나눴던 대화가 머릿속을 스쳤다.

왜 굳이 그렇게 먼 곳을 택하려고 해?

오빠의 물음에 나는 퉁명스레 쏘아붙였다.

어차피 엄마 보러 갈 건 나잖아. 내 마음대로 할 거야.

틀린 말은 아니었다. 요양원으로 모시기 전에도 집

에 있는 엄마를 틈틈이 보살핀 건 나였다. 그러다 치매를 먼저 알아차린 것도 나였다. 당연히 병원에 같이 따라다니고 약을 지어 먹인 것도 나였다. 내가 그렇게 정신없이 엄마 뒤치다꺼리를 하는 동안 엄마가 평생을 그렇게 예뻐하던 오빠는 아무것도 하지 않았고 아무런 도움도 주지 않았다. 나중에 딱 하나, 먼저 나서서 제안을 하기는 했는데, 그게 바로 요양원에 보내자는 것이었다. 물론 나도 그때쯤에는 슬슬 요양원을 알아볼 때가 됐다는 것을 알고 있었다. 내가 일하느라 잠깐만 집을 비워도 엄마는 기다렸다는 듯이 몰래 집을 빠져나가 동네를 배회하고 다녔으며 심지어 어떨 때는 기차를 타고 고향까지 내려가 그곳에서 길을 잃은 적도 있었기에 계속 나 혼자 엄마를 돌보는 건 이제 무리였다. 나에게도, 엄마에게도.

여덟번째로 경찰서에서 엄마를 데리고 나오던 날 오빠는 전화로 이야기를 전해들은 뒤 한숨을 푹 쉬었다. 그러곤 요양원을 언급했다. 나는 어디서 넘어진 건지 무릎이 다 까진 채로 오빠만 찾고 있는 엄마를 보며 나도 모르게 개새끼, 나는 몰라도 네가 그러면 안 되지, 하고 중얼거렸다. 그러나 오빠는 듣지 못했고 나도 더

이상 별다른 말을 꺼내지는 않았다. 엄마 무릎에 약을 발라주면서 괜찮은 데를 알아보겠다고 나직이 덧붙였을 뿐이었다. 어쨌든 그랬기에 나는 요양원을 결정할 자격이 나에게 있다고 생각했다. 나름 많이 알아본 뒤 시설, 프로그램, 종합적인 평가 등을 고려해 경기도 외곽의 한 요양원이 가장 적절하다고 여겨서 그대로 밀어붙였다. 실제로도 그 요양원은 꽤 만족스러웠다. 엄마는 깨끗한 건물에서 다른 노인들과 매일 노래와 체조, 그림 그리기나 색종이 접기 등의 활동을 하며 시간을 보냈고 분명 내가 없는 집에 혼자 있는 것보다는 한결 나아 보였다.

그런데 과연 나는 그 요양원이 세라의 집과 멀지 않다는 것을 몰랐을까?

이제 재이는 나보다 두 칸 앞에 자리를 잡고 앉았나. 나는 재이의 동그란 뒤통수를 바라보며 다시 한번 아, 정말 두상마저 세라와 닮았구나! 하고 감탄했고, 내가 수많은 요양원 중에 다름 아닌 그 요양원에 이끌렸던 여러 가지 이유 중에 세라가 있다는 것을, 그 사실을 의식하지 않으려고 애써 눌러왔지만 이제는 부정할 수 없다는 것을 인정해야 했다. 또한 세라의 SNS를 가끔

들여다보며 언젠가는 예전처럼 인연이 닿을 수 있지 않을까 기대했다는 것과, 처음에도 특별한 이유 없이 가까워졌던 것처럼 다시 한번 그렇게 될 수 있지 않을까 막연하게 바랐다는 것 역시 받아들여야 했다. 그래, 나는 어쩌면 언제나 우리의 서먹해진 관계를 회복하고 싶었을지도 몰랐다. 서로 다른 방향으로 갈라진 우리의 길을 재차 맞닿게 하고 싶었던 것일지도 몰랐다.

세라와 어울려 다니게 된 계기는 묘연했지만 세라와 멀어지게 된 계기는 비교적 명확했다. 우리가 스물일곱 살 때 떠났던 미국 여행, 그게 바로 그 계기였다는 사실에는 아무리 생각해도 의심할 여지가 없었다. 엠티나 답사, 혹은 동기들 모임으로 세라와 국내여행을 몇 번 간 적은 있었어도 단둘이서, 그것도 해외로 여행을 간 건 그때가 처음이었다. 하물며 나는 그게 인생에서의 첫 해외여행이기도 했다. 아주 어렸을 때는 가족끼리 제주도도 가고 그랬었는데 아빠가 세상을 떠난 뒤로는 엄마 혼자 자식 두 명을 키우는 처지였기에 주말에 서울 근교로도 나가기 쉽지 않은 상황이었다. 스무 살이 넘어서두 딱히 달라질 건 없었고 아르바이트로 번 돈을 거의 대부분 학비에 보태기 급급했던 나는 외국에 나가고 싶은 욕심조차 감히 가지지 못했다.

그랬던 내가 비싸고 먼 미국행 티켓을 끊게 된 건 사실상 엄마 때문이라고 할 수 있었다. 보통은 엄마가 해외여행을 가게끔 했다고 하면 고생하는 딸내미 재밌게 놀다 오라고 하셨겠구나 생각하겠지만, 우리 엄마는 절대 그럴 위인이 아니었다. 오히려 그 반대였다. 길었던 구직활동이 끝나고 드디어 회사로부터 최종 발표가 있던 날 합격했다고 소식을 전하자마자 엄마는 말했다. 잘됐다, 네가 오빠 월세랑 학원비 좀 보태라. 당시 오빠는 공무원 시험 준비를 하겠다며 노량진에 방을 구해 들어가 살고 있었다. 나는 기가 막혀서 아무 말도 나오지 않았다. 드라마처럼 부둥켜안고 우는 걸 바란 건 아니었지만 그래도 이건 아닌 깃 같다고 생각했다. 그대로 밖으로 나가 세라를 불러내 술을 마셨다. 마주 앉은 채 각자 소주를 두 병씩 비울 동안 세라는 내 이야기를 묵묵히 한참 동안 듣기만 했다. 그러다 갑자기 남은 소주를 병째 마시곤 외쳤다.

미국에 가자!

웬 미국?

자유의 나라로 떠나는 거야!

아니, 무슨 갑자기. 일단 목소리 좀 낮춰.

자유의 여신상을 보러 가자!

야! 다들 쳐다본다고.

나는 세라의 옆으로 다가가 입을 막았다. 작은 실랑이가 벌어졌다. 나는 계속 세라의 입을 막으려 했고 세라는 내 손을 치우려 했다. 그러다 세라가 자신의 입을 막은 내 손을 날름 핥아버렸는데 나는 결국 못 참고 악! 소리를 내지르며 손을 뺐다. 나는 이겼다는 듯 우쭐거리는 세라에게 미친 거 아니야? 했고, 세라는 물티슈로 손을 닦는 나에게 미치면 좀 어떠니? 하고 대꾸했다. 진짜 어이가 없어서 피식 웃음이 새어나왔다. 세라도 피식 웃었다. 우리는 피식피식거리다 아예 눈물이 날 정도로 한동안 웃었고 그대로 나란히 앉아 소주 한 병을 더 시켜 마신 뒤 완전히 취했다.

다음날 숙취로 뻗어 있는 내게 세라가 전화해서 말했다.

야, 꾸미고 나와.

왜?

여권 사진 찍어야지.

나는 침대에 누운 채로 잠시 할말을 잃었다. 우선 무슨 말인지 제대로 인지조차 되지 않아서이기도 했고 뒤늦게 알아듣고 나서는 황당하다고 느꼈기 때문이기도 했다. 그냥 술기운에 위로 삼아 한 말인 줄로만 알았는데 그게 진심이었다니. 물론 나도 미국에 가보고 싶었다. 아니, 미국이 아닌 어떤 외국에라도 가보고 싶었다. 하지만 나에겐 현실적으로 불가능한 일을 무리하게 추진할 만한 깜냥이 없다는 걸 누구보다 나 스스로가 잘 알았다. 갑자기 세라에게도 짜증이 났다. 세라 입장에서는 미국에 나가는 것쯤이야 아무 일도 아니겠지만 나는 그렇지 않은데, 왜 나를 곤란하게 만드는 건지. 나는 한숨을 쉬며 거절했다. 뭘 미국이야, 말도 안 되는 소리 그만해. 세라가 뭐라고 더 떠드는 것 같았지만 나는 그대로 전화를 끊어버렸다. 그리고 가만히 침대에 누워 꽤 오랫동안 눈을 감고 있었다. 세라로부터 다시 전화가 걸려오지는 않았다. 그렇게 세라의 미국 타령은 끝났다고 생각했다.

세라가 다시 미국 얘기를 꺼낸 건 내가 입사하고 일 년 정도 지났을 무렵이었다. 그동안 나는 회사에 적응하느라 안간힘을 쓴 기억밖에 없었다. 그저 정신없이 하루하루를 살았고 세라와도 간간이 밥을 먹기는 했지만 예전처럼 자주 만나기 어려웠다. 그래서 오랜만에 세라에게 연락이 왔을 때 설마 또 미국 얘기를 꺼내리라곤 상상조차 하지 못했다. 세라는 마치 일 년 전 술 마신 다음 날처럼 아무렇지도 않게 물었다. 그래서 여권 사진은 언제 찍을 건데? 나는 그 말을 듣자마자 미친 사람처럼 웃고 말았다. 오빠는 또다시 시험에 떨어졌고 아직도 포기할 생각이 없었다. 엄마는 오빠를 일 년 더 뒷바라지하라고 당당하게 요구했다. 나는 겨우 웃음을 그친 뒤 엄마와 오빠의 얼굴을 떠올리며 세라에게 툭, 내뱉었다. 오늘 찍지 뭐.

그뒤로는 모든 일이 거침없이 흘러갔다. 처음으로 여권도 만들었고, 첫 휴가여서 일정을 길게 잡지는 못했지만 어쨌든 휴가도 냈고, 비행기도 예매했고, 세라와 의견을 조율하며 일정도 짰다. 우리의 계획은 제법 원대했다. 맨해튼에서 렌터카를 빌려 나이아가라폭포까지 간 뒤 국경을 넘어 캐나다에 가서 이틀 머물고 다시 맨해튼으로 돌아오는 것이었다. 물론 계획을 짜는 내내 세라와 의견이 부딪히기는 했었다. 닮은 점이 하나도 없는 우리였기에 그럴 수밖에. 특히 렌터카는 내가 마지막까지 반대했었지만 스무 살 때부터 자차를 몰았던, 해외에서의 운전 경험도 상당히 많은 세라의 끊임없는 설득에 결국 넘어갔다. 일도 열심히 하면서 틈틈이 여행 준비도 하자 금방 예정된 날짜가 다가왔다. 우리는 비행기 탑승 세 시간 전에 인천공항에서 만나 함께 수속을 밟았다. 모든 일을 능숙하게 처리하는 세라의 옆에서 나는 마냥 붕 뜬 기분이었다. 그 여행이 우리가 멀어지는 계기가 되리라곤 예상하지 못한 채.

여기서 한 가지 짚고 넘어가야 할 점은 우리의 여행이 최악이라서 우리가 멀어진 게 아니라는 점이다. 차라리 그랬더라면, 그러니까 우리가 심하게 싸우기라도 했었더라면, 아마 십오 년이라는 세월이 흘러 내가 세라의 집과 가까운 요양원을 선택하는 일도, 굳이 사가용이 아닌 버스를 타고 엄마를 보러 가서 재이의 학교 앞을 지나가는 일도 없었을 거였다. 우리의 여행은 사실상 완벽했다. 첫 해외여행이라 기대가 컸는데 기대만큼, 아니 기대 이상으로 좋았다. 시차에 적응하느라 몸은 조금 피곤했지만 그런 것 말고는 딱히 힘든 점도 없었고 세라와의 호흡도 생각보다 괜찮았다. 어차피 서로의 취향이 다른 건 알고 있었기에 나름 배려하며 지내자 싸울 일이 없었다. 우리는 뉴욕 시내 곳곳을 함께 누볐다. 타임스스퀘어, 자유의 여신상, 브루클린 다리, 엠파이어 스테이트 빌딩, 센트럴 파크 등 그때 보았던 뉴욕의 대표 관광지들은 오랜 시간이 지난 뒤에도 눈을 감으면 생생하게 펼쳐질 만큼 또렷하고 강렬하게 내 머릿속에 각인되었다.

유일하게 전조라고 불릴 만한 일이 하나 있기는 했다. 마침내 맨해튼에서의 일정이 모두 끝나고 계획대로 렌터카에 올라타 나이아가라폭포를 향해 떠났을 때였다. 시내를 벗어나자 한적한 길이 펼쳐졌다. 한국에서 별로 운전 경험이 없던 나도 용기 내어 운전대를 넘겨받아 조금 운전해보았다. 할 만한데? 싶었다. 달릴수록 점차 자신감이 생겼다. 렌터카를 계약할 때 세라의 권유대로 운전자를 추가해놓길 잘했다는 생각이 들어 나도 모르게 콧노래가 나왔다. 세라는 그런 나를 보며 시원하게 웃었다. 거봐, 차 빌리길 잘했지? 우리는 곧 큰 소리로 노래를 부르기 시작했다. 나는 그 상황이 왠지 비현실적이라고 느꼈다. 내가 세라와 함께 미국에서 노래를 부르며 운전을 하고 있다니! 청명한 날

씨도, 상쾌한 기분도 그 어떤 날보다 최고였다. 그런데 그때, 세라가 노래를 멈추고 상당히 다급한 목소리로 말했다.

조심해.

뭐?

앞에.

곧 세라가 무슨 말을 하는지 알 수 있었다. 전방 오 미터쯤에 커다란 동물이, 정확하게 어떤 동물인지는 알 수 없었지만 사슴이나 노루 정도 크기의 동물이 도 로 한가운데에 쓰러져 있는 게 눈에 들어왔다. 그 주변 은 피로 흥건했다. 나는 너무 당황해서 비명조차 나오 지 않았다. 한국에서도 로드킬 당한 동물을 종종 보기 는 했고 그때마다 충격을 받기는 했지만 그렇게 큰 동 물이 죽어 있는 건 또 처음 보는 거라 어느 때보다도 충 격적이었다. 자동차가 동물 사체에 점점 더 가까워질 수록 내 입술은 바짝 말라갔다. 다행히 내가 달리고 있 는 차선에 그것이 있는 건 아니었지만 도로 전체에 피 가 흐르고 있어 어쩔 수 없이 피는 밟아야 했다. 눈에 뻔히 보이는 데도 피할 수 없다는 것은 정말이지 고통 스럽고도 기이한 감각의 경험이었다. 이내 자동차가 사체의 옆을 지나며 피를 밟았다. 촥, 하는 소리와 함께 창문에 선홍색의 피인지 살점인지 모를 무언가가 튀었다. 세라는 나의 착잡한 표정을 보며 위로하듯 중얼거렸다.

나도 아까 몇 번이나 봤어.

그랬어?

응. 여긴 다 그래. 어쩔 수 없어.

그렇구나.

그래도 오늘따라 심하긴 하네.

내가 더이상 아무런 대답도 하지 않자 세라는 물었다.

이제 내가 운전할까?

나는 천천히 고개를 끄덕였다. 세라가 운전을 하는 동안에도 우리는 몇 번이나 엇비슷한 크기의 동물 사체를 보게 되었다. 세라는 호들갑 떨며 소리지르는 대신 그냥 인상만 찌푸리곤 침착하게 지나갔다. 나는 그런 세라를 옆에서 빤히 바라보았다. 평소에는 철없는 낭만주의자의 이미지였는데 그 순간만큼은 누구보다도 현실적인 어른처럼 느껴졌다. 내가 알던 세라는 아주 극히 일부였을지도 모른다는 생각이 들었다. 맨해튼에서 나이아가라폭포까지는 대략 여섯 시간에서 일곱 시간. 그 긴 시간 동안 우리는 죽은 동물들을 또 여러 번 보았고 가면 갈수록 몇번째인지 세는 것도 잊어버렸다. 나중에 내가 다시 운전대를 잡았을 때도 당연히 두어 번 그런 일이 더 생겼는데, 나는 여전히 끔찍하고 소름이 돋았지만 더이상 처음처럼 크게 놀라지는 않을 수 있게 되었다. 농담할 여유까지 생겼다. 나는 세라에게 말했다. 우리 절대 창문은 열지 말자.

하지만 그 일 역시 우리가 멀어지게 된 이유와는 직접적인 관련이 없었고 우리의 여행을 망치지도 못했다. 연속으로 동물 사체를 보며 잠시 기분이 다운되기는 했지만 우리의 컨디션은 금방 원래대로 회복되었다. 버펄로에서 유명한 버펄로 윙을 먹을 때는 이미 모든 기억이 거의 휘발된 뒤였다. 생각보다 소스의 신맛이 강하다는 평과 함께 역시 한국인에게는 한국에서 파는 양념 치킨이 최고라며 수다를 떨었다. 그리고 드디어 레인보우 브릿지를 통해 국경을 넘는 순간이 다가왔다. 나이아가라폭포는 고트섬에 의해 크게 두 줄기로 갈라져 하나는 미국 폭포, 다른 하나는 캐나다의 호스슈폭포로 구분되었는데, 우리가 예약한 호텔이 캐나다에 있었기에 일단은 캐나다로 곧바로 넘어가기로 했다. 캐나다 쪽에서 먼저 폭포를 본 다음 나중에 맨해튼으로 다시 돌아가는 날 미국 쪽에서 한번 더 폭포를 둘러보면 될 것 같았다. 입국 심사는 쉬웠다. 이렇게 금방이라고? 놀랄 만큼 거의 순식간에 우리는 캐나다로 넘어가 있었고, 이내 호텔을 찾아 체크인을 했다. 세라는 방에 들어가자마자 캐리어를 한쪽 구석에 내팽개치고선 창문을 향해 달려가며 소리쳤다.

이리로 와봐! 정말 끝내준다.

나는 세라 곁으로 다가가 밖을 내려다보았다. 웅장한 나이아가라폭포가 한눈에 펼쳐졌다. 숨이 턱, 하고 막혔다. 그때 내가 마주한 풍경을 굳이 묘사하자면 장엄한, 경이로운, 뭐 그런 수식어를 사용할 수 있겠지만, 솔직히 그 어떤 말로도 당시의 압도적인 감각을 충분히 담아낼 수는 없으리라. 나이아가라폭포는 그렇게 형용할 수 없을 만큼 나를 매료시켰다. 정신없이 창문에 매달려 서 있는 내게 세라가 웃으며 물었다.

오길 잘했지?

나는 우습게도 조금 목이 멘 채로 대답했다.

응, 정말로 그래.

절정에 치달은 모든 것들이 이내 추락하듯 그토록 좋았던 여행이 우리가 멀어지는 계기가 된 건, 여태껏 누구에게도 말한 적 없고 앞으로도 말할 수 없을, 나이아가라폭포에서의 이틀째 밤에 우리 사이에 일어난 작은 해프닝 때문이었다. 그것은 너무나도 자연스러운 흐름으로 벌어진 일이라 그것에 대해 미리 생각할 틈도 대처할 틈도 없었다. 그날 우리는 하루종일 바쁘게 여러 일정을 소화한 상태였다. 캐나다에서 머무르는 시간이 짧았기에 최대한 알차게 보내고 싶은 마음이 컸다. 특히 그중에서도 나이아가라폭포를 가까이에서 볼 수 있는 혼블로워 크루즈 투어가 메인이었는데, 빨간 우비를 받아서 입고 배에 탄 채 폭포를 구경하는 것이었다. 나는 우리의 모든 여행 일정을 통틀어서 그 투어가 가장 즐거웠다. 세라도 그런 것 같았다. 우비를 입었어도 어쩔 수 없이 폭포수에 흠뻑 젖은 우리는 호텔로 돌아가는 내내 꼭 십대 아이들이라도 된 것처럼 서로의 손만 스쳐도 계속 웃음을 터뜨렸다.

샤워를 하고 옷을 갈아입은 뒤 다시 밖에 나와서도 우리는 끊임없이 웃었다. 마치 취한 사람들처럼, 혹은 어딘가에 홀린 사람들처럼. 그러면서도 언뜻언뜻 나는 세라와 내가 이렇게 잘 맞았었나? 싶은 생각에 신기했다. 닮은 점이 하나도 없는 우리였지만 마치 그때는 서로를 닮은 걸 넘어서 마치 하나가 되기라도 한 것처럼 느껴졌다. 우리는 함께 저녁을 먹고 나서 캐나다에서의 마지막 밤을 즐기기 위해 호텔에서 마실 술을 사러 돌아다녔다. 캐나다는 편의점 등에서 술을 팔지 않아 주류 판매점인 LCBO를 찾아가야 했다. 그곳에서 맥주와 와인을 넉넉하게 사서 호텔로 돌아왔다. 마침 폭포에 조명이 들어오는 시간이라 우리는 창문 앞 테이블에 술과 간단한 안주를 세팅하고 나란히 침대에 앉았다. 그리고 술을 마시며 형형색색으로 빛나는 나이아가라폭포의 모습을 감상했다.

세라가 나지막한 목소리로 입을 열었다.

우리 엄마 아빠 있잖아. 원래는 고모랑 고모부야.

나는 폭포로부터 시선을 거두고 세라를 바라보았다.

어렸을 때 엄마 아빠 돌아가시고 고모가 거둬주셨지.

그랬구나.

엄청 좋으신 분들이야.

응.

너한테는 말하고 싶었어.

어느새 세라도폭포가 아닌 나를 바라보고 있었다. 몇 분, 아니 몇 초에 불과했을지도 모르겠다. 그 짧은 시간 동안 우리 사이에 묘한 분위기가 흘렀다. 그리고 나는 그런 분위기가 무엇인지 눈치채지 못할 만큼 어리지 않았다. 나는 더이상 세라와 눈을 마주치고 있을 자신이 없었다. 그래서 마시던 맥주 캔을 내려놓고 손바닥으로 세라의 눈을 가렸다. 야, 쳐다보지 마, 하고 중얼거렸다. 세라는 시야가 차단된 채 웃기 시작했다. 세라가 그렇게 웃자 나도 슬슬 긴장이 풀렸다. 내가 도대체 무슨 생각을 한 거람? 그런데 그때였다. 세라가 내 손목을 잡고선 서서히 아래로 내렸고, 미국에 가자고, 자유의 여신상을 보러 가지고 외쳤던 술집에서처럼 내 손을 핥았다. 시간이 아예 멈춘 듯했다. 이윽고 내가 떨리는 목소리로 물었다. 미친 거 아니야? 세라는 아무런 대답도 하지 않았다. 하지만 다음 순간, 그러니까 세라의 입술이 나의 입술에 닿는 순간, 나는 환청처럼 어디선가 미치면 좀 어떠니? 하는 세라의 목소리가 귓가에 들려오는 것 같다고 생각했다.

다음날 아침에 일어났을 때 나는 아무 일도 없었다는 듯 행동하려 애썼다. 세라는 무슨 말을 하고 싶어하는 것 같기도 했지만 내가 그때마다 얼른 새로운 화제를 꺼내 대화의 방향을 바꿨다. 결국 세라도 내 의도를 알았는지 입을 다물었다. 우리는 씻고 내려가 조식을 먹은 뒤 짐을 챙겨 체크아웃을 했다. 그러는 내내 평소와 같이 대화를 나눴다. 우리의 대화는 딱히 어색하지는 않았지만 한편으로는 어딘가 부족했다. 전날까지만 해도 우리 사이를 가득 메우고 있던 웃음소리가 사라졌기 때문이라는 것을 깨달은 건 캐나다에서 미국으로 돌아가는 다리 위에서였다. 조수석에 앉아 사이드미러로 방금까지 머물렀던 캐나다 땅이 점차 멀어지는 것을 응시하며 나는 차라리 어젯밤의 일들이 꿈이었으면 좋겠다고 속으로 중얼거렸다.

우리는 미국에 입국하자마자 예정대로 미국 쪽에서 나이아가라폭포를 구경하기 위해 고트섬으로 갔다. 미국 폭포를 가장 잘 볼 수 있는 프로스펙트 포인트, 캐나다 폭포를 가장 잘 볼 수 있는 테라핀 포인트에 서서 한참 동안 풍경을 눈에 담고 사진도 많이 찍었다. 나는 맹렬하게 쏟아져내리는 폭포수를 바라보며 문득 이틀 내

내 봤던 폭포인데도 불구하고 새삼 색다르게 보인다고 생각했다. 다리를 하나 건넜을 뿐인데, 보는 방향이 달라졌을 뿐인데, 이토록 다를 수 있다는 게 놀라웠다. 그래서 멀거니 서 있는 세라에게 우리가 머물렀던 호텔을 가리키며 물었다. 저쪽에서 보는 거랑 정말 다르지 않아? 고백하건대 나는 그때 세라가 당연히 내 말에 동의할 거라고 예상했었다. 세라가 그러게, 하고 대답할 거라고. 그러면 우리는 아무 일도 없었던 것처럼 다시 웃음을 터뜨릴 수 있을 거라고. 하지만 세라의 반응은 나의 기대를 빗나갔다.

그래도 같은 폭포인 건 변하지 않잖아.

보는 방향이 완전히 다른데도?

나는 어쩐지 울고 싶은 마음이었다. 세라는 그런 내 마음을 아는지 모르는지 차분한 목소리로 덧붙였다.

관점에 따라 본질을 다르게 규정할 수는 없다고 생각해.

세라의 그 말은 나에게는 폭포 이야기로 들리지 않았다. 어젯밤에 우리에게 있었던 일들을 부정할 수 없다는 이야기처럼 들렸다. 나는 세라의 말에 어떻게 대답하면 좋을까 고민하다가 아무런 대꾸를 하지 않는

쪽을 기어이 선택했다. 닮은 점이 전혀 없는 세라에게 이유도 없이 끌렸던 것과 우리가 마치 하나가 된 듯 어울려 다닐 수 있었던 것에는 마땅한 이유가 있다는 걸 알지만, 그리고 어젯밤의 묘한 분위기를 통해 그 이유가 구체적으로 무엇인지 충분히 인식하기는 했지만, 나는 결국 세라와는 완전히 다른 종류의 인간이었다. 다시 말해 세라처럼 '미치면 좀 어떠니?' 할 수 있는 배짱이 부족한 인간이었다. 나의 대답이 없자 세라는 다 알겠다는 듯 가볍게 미소 짓고 내 어깨를 두어 번 가볍게 두드렸다. 그리고 우리가 서 있는 고트섬에 의해 두 갈래로 나뉜 결과물인 미국 폭포와 캐나다 폭포를 번갈아가며 응시하다가 거의 들리지도 않을 만큼 가만가만한 목소리로 속삭였다. 어쩌면 이게 우리의 라이트모티프일지도 모르겠네.

그 뒤로 어떻게 우리가 여행을 마무리했는지는 기억이 조금 가물거린다. 그냥 모든 일정이 특별한 일 없이 무던한 수준으로 지나갔던 것 같다. 맨해튼으로 돌아오는 길에도 역시 여러 번 동물 사체를 목격했지만 그래도 더이상 심하게 동요하지 않았고, 여행의 진짜 마지막날 록펠러 센터 전망대에서 뉴욕 시내의 야경을 바라본 것도 좋았으며, 다시 한국으로 돌아오는 비행기 안에서는 기내식을 맛있게 먹고 잠도 푹 잤다. 세라와의 대화 역시 별로 독특할 게 없었다. 그냥 평소처럼 장난도 치고 시답지 않은 농담도 주고받았으며 어떤 묘한 기류 같은 것도 흐르지 않았기에 나는 어쩌면 나이아가라폭포를 앞에 두고 일어난 모든 일들이 정말로 나의 환상에 불과할지도 모른다는 생각까지 들었다. 그래서 한국으로 돌아가도 우리의 관계는 변함없을 거라고, 어쩌면 또다시 함께 여행을 가게 될지도 모른다고도 생각했다. 인천 공항에 내린 우리는 각자 자신이 사는 지역으로 가는 공항버스를 타러 가며 작별의 인사를 나눴다.

진짜 재밌었다.

내가 먼저 말하자 세라가 환하게 웃으며 고개를 끄덕였다.

나도.

나중에 또 놀러가자.

그러자 세라의 표정이 미묘하게 변했던 것 같기도, 그러지 않았던 것 같기도 한데, 어쨌든 그때 내가 세라의 대답을 듣지 못했던 것만큼은 틀림없다. 저멀리 내가 타야 하는 버스가 도착해 뛰어야 했다. 나는 캐리어를 끌고 서두르며 세라에게 손을 흔들었다. 조심히 들어가라고 외치곤 버스에 올라탔다. 자리를 잡고 앉아 창밖을 내다보자 내 쪽을 쳐다보고 있는 세라가 보였다. 나는 그런 세라에게 다시 한번 손을 흔들었다. 세라 역시 나를 향해 손을 흔들어주었다. 우리는 버스가 출발할 때까지 계속 그렇게 서로를 향해서 인사했다. 내가 세라를 남겨놓고 떠날 때까지, 세라가 혼자 남겨질 때까지.

그리고 나는 그뒤로 십오 년이 넘는 세월 동안 세라를 만날 수 없었다. 일단 여행이 끝나고 일상으로 돌아갔을 때는 밀린 회사 업무를 처리하는 등 할일이 너무나도 많아 몇 주 동안 세라에게 연락할 틈이 나지 않았다. 어느 정도 시간적, 정신적 여유가 생긴 뒤에는 세라에게 연락 한번 해봐야 하는데, 생각만 하다가 시간을 헛되이 보내기도 했다. 마침내 여유도 있고 마음도 먹은 날이 생겼는데 막상 전화를 걸자 세라가 받지 않았다. 나는 세라가 첫번째로 전화를 받지 않았을 때는 바쁠 거라고 여겼고, 두번째로 받지 않았을 때는 무슨 일이 있나 걱정이 되었으며, 세번째부터는 덜컥 겁이 나기 시작했다. 이미 여러 차례 보낸 메시지도 전부 읽지 않았다. 갈라진 폭포 앞에서 어쩌면 이게 우리의 라이트모티프일지도 모르겠다던 세라의 나른한 목소리가 귓가에 맴도는 것 같았다. 나는 그때부터 하루에 몇번씩 세라에게 전화를 걸었다. 며칠이 지났을까. 세라가 드디어 전화를 받았다. 나는 눈물부터 왈칵 났다.

야, 너 왜 전화를 안 받아?

세라는 뜸을 들이다가 대답했다.

아팠어. 미안해.

순식간에 마음이 누그러졌다.

괜찮은 거지?

그럼, 이제 괜찮아.

세라는 괜찮다고 했지만 나는 세라의 마지막 말을 듣는 순간 본능적으로 깨달았다. 우리는 예전처럼 돌아갈 수 없다는 것을. 이미 서로 다른 길을 걷기 시작했다는 것을. 사납게 쏟아지는 폭포수에 휩쓸린 발걸음을 돌리기란 불가능할지도 모른다는 것을. 그리고 그렇게 깨달으며 동시에 뒤늦게 자각했다. 이미 오래전부터 나는 세라의 마음을 알고 있었다는 것을. 나의 마음 역시 비록 서툰 형태일지라도 근본적인 성질 자체는 세라의 그것과 다르지 않다는 것을. 하지만 여전히 용기가 없던 나는 전화를 끊고 우두커니 앉아 있다가 곧 소리를 내어 울기 시작했을 뿐이었다.

　나의 직감은 틀리지 않았다. 그뒤로 세라는 내 연락을 받기는 했지만 만나자고 할 때마다 늘 교묘하게 화제를 돌리며 거절했다. 나는 조바심이 났지만 어쩔 도리가 없었다. 우리의 연락은 점차 줄어들었고 몇 달이 지나자 아예 끊겼다. 일 년 정도가 지난 어느 날 동기로부터 세라가 결혼한다는 소식을 들었고 또다시 일년 정도가 더 지난 어느 날 세라가 딸을 낳았다는 소식도 들었다. 이름은 재이라고 했다. 나는 세라가 결혼했을 때도, 출산했을 때도 축하한다는 말을 하지 못했다. 나중에 훨씬 더 시간이 흐른 뒤 세라가 남편과 헤어졌다는 소문도 들려왔지만, 그래서 홀로 제법 싱숭생숭한 시기를 보내기도 했지만, 당연히 위로의 인사를 건네지도 못했다. 이제는 그 어떤 말도 쉽게 전할 수 없는 사이가 된 것이었다.

　나는 재이의 뒷모습에서 눈길을 거두고 옆에 붙어

있는 버스 노선도를 유심히 올려다보았다. 이제 두 정거장만 더 가면 재이가 내려야 하는 곳이었다. 그건 다시 말해 세라가 사는 아파트가 조금 있으면 보일 거라는 의미였다. 반면 내가 사는 곳까지 가려면 한참 남았다. 몇 정거장 남았는지 세어보려다가 그만두었다. 어차피 삼십 분은 더 타고 가다가 확인해도 될 것 같았다. 그냥 창밖을 바라보며 세라가 사는 동네를 멍하니 구경했다. 그러다가 세라의 SNS에 태그되어 있던 브런치 카페를 발견해 괜히 반가운 마음이 들던 차에 주머니에서 진동이 느껴졌다. 휴대폰을 꺼내 보자 오빠였다. 버스에서 전화를 받기가 싫어서, 그것도 재이의 바로 뒤에서 전화를 받기는 더욱 싫어서, 그냥 내 마음대로 전화를 종료하고 메시지를 보냈다.

왜?

엄마는.

잘 들어갔지.

상태는.

오빠만 찾지, 뭐.

나는 세라와 다녀온 여행의 이유가 무색하게도 결국 엄마의 요구를 거절하지 못했었다. 오빠의 월세와 학원비를 매달 일정 부분 내줬다. 다행히 오빠는 일 년만 더 공부하고 시험에 합격했지만 나는 오빠에게도, 엄마에게도 고맙다는 인사를 받은 적이 없었다. 익숙해지자 그다지 놀랍지도 않았다. 시간이 흘러 엄마가 치매에 걸려도 여전히 똑같았다. 이제 내가 누구인지도 대체로 잊어버리고 살면서 가끔 내가 누구인지 기억나기라도 하면 기다렸다는 듯이 물었다. 네 오빠는 어디 가고? 오늘도 오랜만에 정신이 맑았었는데 나를 보자마자 오빠 먼저 찾았다. 사람은 변하지 않는구나. 씁쓸한 웃음만 새어나왔다. 오빠도 마찬가지였다. 이번에도 내 마지막 메시지를 읽고 씹었다. 하여간 재수없는 새끼, 하고 중얼거리며 나는 세라가 고트섬에서 했던 말을 떠올렸다. 관점에 따라 본질을 다르게 규정할 수는 없다고 생각한다던 그 말을. 가끔 나는 그때 내가 세라의 말에 수긍하며 조금 더 빨리 우리의 마음의 본질을 들여다봤더라면, 더없이 어설펐어도 분명히 사랑이었던 그것을 용기를 내어 받아들였다면 우리의 관계가 어떻게 되었을까 상상하곤 했다. 우리는 지금과 달라졌을는지, 아니면 마찬가지로 지금처럼 갈라지게 되었을는지.

어느새 재이가 내릴 정거장에 이르렀다. 재이는 버스에 올라탈 때처럼 똑같이 카드를 준비하고 있다가 단말기에 댄 뒤 천천히 계단을 내려갔다. 나는 자연스럽게 다시 창밖으로 시선을 옮겨 재이가 아파트를 향해 걸어가는 모습까지 지켜보았다. 그런데 갑자기 재이가 누구를 보기라도 한 듯 속도를 높여 뛰기 시작했다. 나는 고개를 쭉 빼고 더 잘 보려고 애썼다. 멀리서 누군가 재이에게 다가오고 있었다. 나무에 가려져 얼굴은 잘 보이지 않았지만 재이와 비슷한 체형의 여자처럼 보였다. 혹시 세라일까? 궁금했다. 하지만 버스의 뒷문이 닫히고 서서히 출발하면서 그 여자가 세라인지 아닌지 알 수 없게 되었다. 불현듯 캐나다의 호텔 창문에 세라와 나란히 서서 보았던 나이아가라폭포의 잔상이 눈앞을 스쳤다. 두 갈래로 갈라졌던 폭포가 각각 주어진 길로 세차게 떨어져내린 뒤 다시 하나로 만나 이내 같은 방향으로 흘렀던 그 아름다운 경관이. 나는 서둘러 버스의 하차 벨을 누르며, 그렇게 도로 섞였던 폭포의 형상이 진짜 내 인생의 결정적인 라이트모티프였을지도 모른다고, 이번에도 거듭 세라스럽게 생각해보았다.

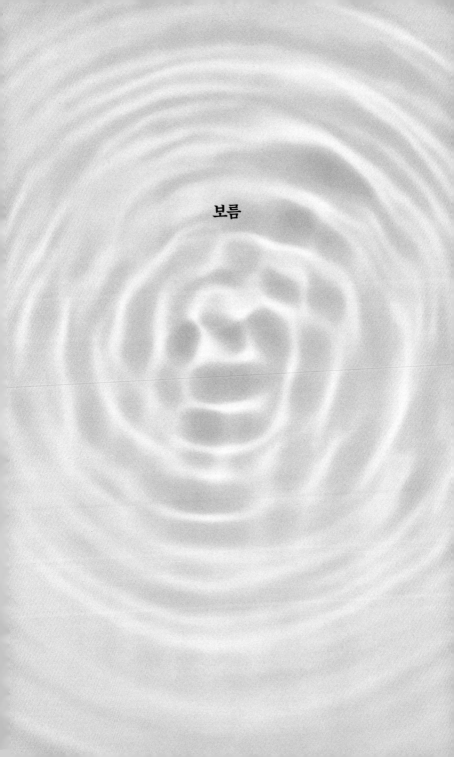

보름

우현의 집 거실에는 십 년째 똑같은 가족사진이 걸려 있었다. 위치는 소파 바로 위, 정중앙이었는데, 소파를 바꾼 적은 있어도 사진을 바꾼 적은 없었기에 우현은 늘 그 사진의 존재 자체를 당연하게 여기곤 했다. 심지어 가끔은 그곳에 사진이 걸려 있다는 사실을 의식조차 하지 못하고 지냈었다. 그러나 오늘은 달랐다. 우현은 얼이 빠진 사람처럼 멍하게 서서 그 사진을, 그러니까 십 년 전 자신이 열 살배기 소년이었을 때 가족들과 태국에 놀러갔다가 코끼리 트래킹을 하며 찍은 바로 그 사진을 한참 동안 바라보았다. 사진 속에는 사람 네 명과 코끼리 두 마리의 모습이 담겨 있었다. 한 코끼리에 엄마와 우현이, 다른 코끼리에 아빠와 우현의 세 살 어린 여동생인 우진이 올라탄 채였다. 우현은 코끝을 만지작거리며 사진을 구석구석 훑어보다 이내 활짝 웃고 있는 어린 우진의 얼굴에 시선을 고정했다. 그리고 언젠가 우진이 치킨을 먹다가 언급했던 '파잔(phajaan) 의식'을 떠올렸다. 파잔은 아기 코끼리를 묶어두고 저항을 하지 못할 때까지 때리고, 찌르고, 굶겨서 자의식을 파괴하는 의식이라고, 그 지독한 의식 끝에 겨우 살아남은 코끼리는 관광 자원으로 활용된다고 했다.

"우리도 그 끔찍한 문화에 어느 정도 기여한 셈이지."

아기 코끼리 캐릭터가 그려진 물건을 모으기 시작했을 만큼 관련 다큐멘터리에 푹 빠져 있던 당시의 우진은 양념이 잔뜩 묻은 손가락으로 거실 벽에 있는 가족사진을 가리키며 꽤 진지한 목소리로 말했었다. 우현은 그날의 상황을 돌이켜보려 애를 썼다. 대체적으로 가물가물했지만, 어쨌든 일단 고등학생이었던 자신은 방에서 공부를 하고 있었다. 그러다 치킨 배달이 왔다는 소리에 신나게 방문을 박차고 나갔고 가족들과 거실에 상을 펴고 둘러앉았다. 평소처럼 엄마와 아빠는 맥주를, 우현과 우진은 콜라를 마셨다. 하지만 거기까지였다. 딱히 특별할 것 없는 평범한 저녁 시간이었기에 더이상은 잘 기억나지 않았다. 어떤 브랜드의 치킨을 먹었는지, 어떤 텔레비전 프로그램을 틀어놓고 있었는지, 어쩌다가 우진이 파잔 의식을 입에 올리게 되었는지, 그 이야기를 들으며 자신이 무슨 생각을 했었는지, 뭐 이런 것들은 아예 기억나지 않았다. 그러나 한 가지는 확실했다. 우진의 손끝이 가리키고 있던 가족사진이 분명 그것이 언제나 같은 위치에 걸려 있었음에도 불구하고 오랜만에 보는 것 같은 느낌을 주었다는 사실. 다시 말해 그날 우현이 정말 오랜만에 그 사진의 존재를 인식했었다는 사실만은 또렷하게 상기할 수 있었다.

그리고 몇 년의 시간이 흘러 오늘, 또 한번 그 사진을 의식하며 응시하게 된 것이었다. 오늘은 가족들이 집을 비워서 우현 혼자 사진 앞에 멍하게 서 있다는 점이 그날과 다르긴 했지만 그래도 사진을 바라보게 된 이유가 그날이나 오늘이나 우진의 영향이라는 점은 같았다. 우현은 계속 코끝을 문지르며 사진 속의 어린 우진을 뚫어지게 쳐다보다가 바지 주머니 속에서 휴대폰을 꺼내 화면을 켰다. 오전 열한시가 넘은 시각이었다. 우진으로부터 온 메시지가 있나 살펴봤다. 아무 연락도 없었다. 우진과의 카톡방은 몇 시간째 잠잠했고 심지어 우진은 우현이 마지막으로 보냈던 메시지 세 개, '서우진 너 지금 어디 간 거야?' '전화는 왜 안 받니?' '괜찮은 거 맞지?'를 아직까지 읽지도 않은 상태였다. 우현은 사라지지 않는 숫자 1에서 한동안 눈을 떼지 못하며 대화창에 제발 답장 좀 해, 입력했다가 고민 끝에 다시 지웠다. 그리고 문득 숨이 제대로 쉬어지지 않는다는 것을 깨달았다. 심장도 지나치게 빨리 뛰고 있었다. 역시 지금이라도 엄마 아빠한테 말을 해야 되나? 아니면 경찰에 신고를 해야 되나? 그러나 자신이 돌아오기 전까지는 아무에게도 말하지 말아달라며 부탁하던 우진의 목소리가 떠올라 함부로 그럴 수 없었다. 우진의 연락을 조금만 더 기다려보는 게 좋을 것 같았다. 우현은 무너지듯 소파에 주저앉아 초조하게 중얼거렸다. 도대체 어디서부터 잘못된 거지?

*

　우진이 심상치 않은 카톡을 연달아 보내온 건 정확히 일주일 전이었다. 그때 우현은 대학에서의 첫 중간고사를 무사히 치르고 동기들과 학교 근처에서 술을 마시던 차였다. 처음에는 카톡이 온 줄도 몰랐다. 스무 명 넘게 모여서 이야기도 나누고 술 게임도 하고, 정신없이 잔을 기울이다가 다 마시면 바로 채우는, 그런 식의 소란스러운 술자리에서 알림 소리를 듣지 못한 건 어찌 보면 당연했다. 게다가 우현은 그날 집에 들어가지 않을 계획이었다. 밤새도록 논 뒤 학교 근처에서 자취하는 친구 집에서 자고 아침에 해장까지 한 다음 집에 들어갈 거였다. 다시 말해 죽도록 마셔도 되는 날이었기에 휴대폰에 신경을 쓰시 않았던 것이다. 시간에 비례하여 테이블마다 빈 소주병은 빠른 속도로 늘어났고 그에 맞춰 분위기도 한껏 고조되었다. 그러다 맞은편에 앉아 있던 그럭저럭 친하게 지내는 애가 얼굴이 벌겋게 달아오른 채로 갑자기 우현에게 소리쳤다.

　"야! 네 폰에 자꾸 뭐가 오는데?"

　"뭐라고?"

주변이 시끄러워서 제대로 들리지 않아 큰 소리로 되물었다. 그애는 우현의 바로 앞에 놓여 있던 휴대폰을 가리키면서 고함을 질러댔다.

"폰 보라고! 폰!"

우현은 그제야 무슨 말인지 알아들었다는 듯 손을 내젓고 자신의 휴대폰을 들어올렸다. 액정에 소주인지 물인지 알 수 없는 투명한 액체가 묻어 있어 휴지로 닦아낸 다음 잠금 화면을 해제했다. 그러고 나서야 우진으로부터 여러 개의 카톡이 와 있다는 사실을 알게 되었다. 우현은 카톡을 보낸 사람의 이름을 확인하자마자 '또 서우진이 분명 쓸데없는 이야기를 하는 거겠지.' 하고 가볍게 생각했다. 둘은 주변의 다른 집과 비교하면 상당히 사이가 좋은 남매였고 그만큼 자주 대화를 하는 편이어서 이번 우진의 연락도 그냥 특별할 것 없는 연락일 거라고, 예를 들어 우현이 외박한다는 소식에 괜히 한마디 타박을 한다거나, 들어올 때 맛있는 걸 사오라며 이상한 이모티콘과 함께 말도 안 되는 애교를 부리거나, 그것도 아니면 본인이 좋아하는 유튜브 영상의 링크를 보내면서 이것 좀 보라고 닦달하는, 답장을 군이 하지 않아도 될 그런 종류의 연락일 거라고 여겼다. 그러나 막상 내용을 읽자 우현은 가슴 한 편이 어디론가 덜컥, 곤두박질치는 기분이었다. 의자를 뒤로 밀어 자리에서 일어났다. 의아하게 바라보는 친구들에게 잠깐 전화 좀 하고 온다고 말한 뒤 술집 밖으로 걸음을 옮겼다. 그러면서 거듭 우진의 카톡을 읽었다.

　-오빠 나 부탁이 있어.

　-백만 원만 구해줄 수 있을까?

　-(삭제된 메시지입니다.)

　-제발 아무한테도 말하지 말아줘.

　-특히 엄마 아빠는 안 돼.

　-오빠... 나 좀 도와줘.

　뭔가 좋지 않은 일이 일어난 게 틀림없었다. 우현은 우진에게 전화를 걸며 저도 모르게 손가락으로 코끝을 비볐다. 불안하거나 긴장되면 나오는, 초등학교 저학년 때 학교생활에 적응하지 못해 생긴 버릇이었다. 그때는 하루종일 코만 만지작거리다보니 코가 빨갛게 되어 항상 딸기코, 코쟁이, 코딱지와 같은 별명으로만 불렸었다. 자연히 빨개진 코를 가리기 위해 더욱 자주 코에 손이 갔고 나중에는 긁는다는 표현이 더 적합할 만큼 심하게 코를 만져서 피가 나기도 했다. 그 악순환을 완화시키는 데 도움을 준 사람이 바로 동생인 우진이었다. 세 살 차이인 우진은 붙임성이 워낙 좋아서 학교에 입학하고 난 뒤 오빠인 우현의 반에 시도 때도 없이 찾아오며 우현의 반 친구들과 안면을 텄다. 결코 말을 섞은 적 없던 애들도 나중에는 야, 네 동생 왔다! 하는 식으로 먼저 우현에게 말을 걸게 되었을 정도로 우진의 영향력은 컸다.

그러던 어느 날 어떤 남자애가 우현을 향해 딸기코라고 부르는 것을 우연히 우진이 보게 되었다. 매일 그런 별명을 듣던 우현은 아무렇지도 않게 넘겼으나 우진은 그러지 않았다. 주섬주섬 필통에서 분홍색 형광펜을 꺼내들고 그애에게 다가가선 코에 점을 찍어버렸다. 그러곤 해맑게 외쳤다. 오빠 코가 진짜 딸기코다! 당연히 그애는 당황해서 화를 냈다. 하지만 주변에 있던 여자애들이 네가 먼저 잘못했잖아, 하며 모두 우진을 감싸고 돌아 금세 수그러들 수밖에 없었다. 그 일이 우현의 별명을 사라지게 만든 결정적인 계기였다고 말하기엔 세월이 워낙 흘러서 조금 긴가민가하긴 했다. 그래도 어쨌든 그때쯤부터 별명보단 서우현이라는 본

명으로 더 많이 불리게 된 건 맞았다. 덕분에 우현은 학교가 이전보다 편하게 느껴졌고 코 긁는 습관 역시 서서히 줄일 수 있었다. 비록 여전히 스트레스가 쌓이면 그 습관이 저절로 튀어나오곤 했지만 말이다.

"서우진, 무슨 일이야?"

우현은 전화가 연결되자마자 우진이 무슨 말을 꺼내기도 전에 다짜고짜 캐물었다. 마음 같아선 무슨 일을 저지르고 다니는 거냐고 소리치고 싶었지만 조금 전에 읽었던 카톡의 말투가 평소와 달리 주눅든 게 표가 나서 그럴 수 없었다. 최대한 다정하게 어떤 일이 있었는지 솔직하게 이야기하라고, 오빠가 도와주겠다고, 우진을 안심시키려 애썼다. 그러나 우진은 조용히 우현의 말만 들을 뿐 대답하지 않았다. 이윽고 우현은 우진이 울고 있다는 것을 눈치챘다. 소리를 내지 않고 숨죽여 끅끅대는 그런 울음이었다. 우현은 머릿속이 새하얘졌다. 울고 싶을 때면 언제나 마음껏 크게 울던 서우진이 저토록 울음소리를 참은 적이 있었던가? 우현은 이제 아무런 재촉도 할 수 없었다. 그저 가만히 우진이 진정하기를 기다리며 술집 출입구 계단에 걸터앉았다. 화장실에 가려고 나온 듯한 동기 하나가 우현에게 다가오려는 게 보여서 말 걸지 말고 들어가 있으라는 손짓을 해보였다. 동기가 시야에서 사라지고 난 뒤 우현은 여전히 끅끅거리는 우진의 소리를 들으며 하늘을 올려다보았다. 불현듯 날씨가 이제 제법 많이 따뜻해졌다는, 곧 반팔만 입고 돌아다녀도 되겠다는 생각을 했다. '언제 이렇게 봄이 지나갔지?' 그러고 보면 대학에 들어온 뒤로 집에 있는 시간이 확 줄어서 우진과 깊은 대화를 나눈 지 오래된 것 같았다. 어쩌면 봄이 한 발자국 멀어진 동안 둘 사이의 거리 또한 멀어진 걸지도.

마침내 우진이 코가 잔뜩 막힌 목소리로 입을 열었다.

"오빠, 지금은 그냥 아무것도 물어보지 않으면 안 될까?"

한참 뒤에 우현이 물었다.

"백만 원만 있으면 해결될 수 있는 거야?"

"응."

"확실해?"

"아마도."

"기다려. 지금 보내줄게."

우현은 전화를 끊고 계좌를 확인했다. 팔십삼만 칠천육백 원이 있었다. 그나마 대학에 붙은 뒤로 아는 사람을 통해 과외 아르바이트를 계속했기에 수중에 이정도의 금액이라도 있는 것이었다. 만약 집에서 받는 용돈만으로 생활했다면 수중에 십만 원도 남지 않았을지도, 그렇다면 우진의 부탁을 들어주기가 더 힘들었을지도. 나름의 위안을 삼으며 우현은 과외를 맡고 있는 학생의 어머니에게 전화를 걸었다. 과외비를 받을 날짜가 일주일 정도 남아 있었는데 이번만 일주일 빨리 돈을 받는 게 가능한지 물어보기 위해서였다. 이미 우진의 카톡을 보자마자 이런 방향으로 돈을 구하게 되리라는 걸 은연중에 예상해서 주저하지 않았다. 사실 남에게 아쉬운 소리를 하는 것보단 부모님에게 핑계를 대며 돈을 좀 보내달라고 부탁하는 게 나을 수도 있었다. 그러나 부모님은 우현에게 갑자기 이십만 원에 가까운 돈이 왜 필요한지 물어볼 가능성이 컸다. 결국에는 우진이 곤란해질 수도 있었기에 일단은 우진이 부탁한 대로 자신의 선에서 도와주는 게 좋을 것 같았다. 다행히 과외 학생의 어머니는 어려운 일이 아니라는 듯 흔쾌히 그러겠다고 말한 뒤 바로 입금해주었고,

우현은 원래 자신에게 있던 돈에 새로 받은 과외비의 일부를 보태어 우진에게 보냈다.

-돈 부쳤으니 확인해봐.

-정말 고마워, 오빠.

우현은 고민하다가 한마디 덧붙였다.

-나중에 어떻게 된 건지 다 얘기해줘.

우진은 우현의 마지막 카톡을 읽었으면서도 대답을 하지 않았다. 우현은 조용한 화면을 하염없이 내려다보다 더이상 먼저 연락을 하지 않기로, 일단은 우진을 믿고 기다리기로 결심했다. 어렸을 때부터 혼자 무언가를 잘 결정하지 못해 학교나 학과조차도 성적에 맞춰 선택하게 된 우현과 달리 우진은 무엇을 하든 간에 결단력이 강한 편이었다. 관심 분야와 취향도 확고했고 어디 하나에 꽂히면 그대로 직진하는 성격이었으며 그렇게 직진한 뒤에는 그 일이 본인의 생각과 다른 방향으로 흘러간다고 해도 딱히 후회하지 않았다. 그래서 우현은 자신보다 세 살이나 어리지만 훨씬 똑똑하고 야무진 우진을 은근히 부러워하고 닮고 싶어했다. 우진이 어떤 결정을 내린다면 우진만의 타당한 이유가 있을 거라고 여겼다. 이번에도 마찬가지였다.

"마땅한 이유도 없이 걔가 이런 부탁을 하지는 않겠지."

우현은 혼잣말을 하며 휴대폰을 주머니에 넣었다. 엉덩이를 털고 자리에서 일어났다. 다시 동기들이 모여 있는 술집으로 들어갔다. 오래 자리를 비워서인지 다들 하던 이야기를 멈추곤 우현에게 주목했다. 취해서 사라졌느냐는 둥, 똥 싸고 왔느냐는 둥, 놀리는 친구들에게 우현은 다 잘 해결하고 왔다고 말하며 술잔을 들어올렸다. '그래, 분명 서우진은 아무렇지도 않게 잘 해결할 거야.' 소주를 연거푸 마시며 속으로 중얼거렸다. 물론 여전히 꺼림칙한 느낌이 없지는 않았지만 애써 무시했다. 무시하고 싶었다. 만약 그 느낌을 무시하지 않는다면, 다시는 도로 붙일 수 없는 어떤 균열을 맞닥뜨리게 될 것만 같은 예감이 들었다. 그래서 밤새도록 스스로를 합리화했다. 무슨 일인지 내가 자세히 안다고 해도 우진보다 나은 결정을 할 수 있는 건 아니잖아? 어련히 알아서 잘할 텐데, 그저 믿고 묵묵하게 지지해주는 것이 오빠로서 유일하게 해줄 수 있는 일이 아닐까? 이렇게 우진이 원하는 대로 백만 원만 보내주고 가만히 기다리는 것이 결과적으로도 최선이지 않을까? 이런 식의 자기 위로로 점철된 생각들이 술기운과 함께 두서없이 머릿속에 떠올랐다가 사라지기를 반복했다.

그러나 어딘가에 균열이 생기면 아무리 못 본 척하려고 해도 언젠가는 마주하게 될 수밖에 없다는 것을 우현이 깨닫게 되기까지는 그리 오랜 시간이 걸리지 않았다. 우진에게 돈을 보내고 일주일의 시간이 흘러 오늘 아침 일곱시쯤, 평소처럼 알람 소리에 눈을 뜬 우현은 S라는 이니셜로만 이름이 설정되어 있는, 정체를 알 수 없는 인물에게서 메시지가 왔다는 것을 알게 되었다. 이른 시각에 모르는 사람에게서 연락 오는 일이 워낙 드물어 처음에는 으레 광고 문자인 줄 알았다. 그래서 얼른 삭제하고 학교 갈 준비나 하려고 했는데 막상 그 내용을 읽고 난 뒤에는 그럴 수 없었다. 익숙한 이름이 눈에 띈 탓이었다. 우현은 침대에 누운 채 잔뜩 잠긴 목소리로 휴대폰의 메시지를 천천히 소리 내어 읽어보았다.

―안녕하세요. 서우진 오빠 되시죠? ㅎㅎ

잠시 고민하다가 답장했다.

-네. 누구세요?

그러자 S는 기다렸다는 듯이 또 메시지를 보냈다.

-아, 그건 알 필요 없고요ㅋㅋ 우진이가 폰이 고장났다던데.

우현은 잠이 덜 깬 머리를 열심히 굴렸다. 우진이 친구인가? 우진이한테 할말이 있는데 우진이 휴대폰이 고장나서 나한테 연락한 건가? 그래놓고 본인을 알 필요가 없다니, 싸가지가 좀 없는 새끼네. 그나저나 내 번호는 또 어떻게 알았지? 그런데 정말로 서우진 휴대폰이 고장났다고? 언제? 왜? 무엇 하나 정리가 되지 않아 뒤죽박죽이었다. 우현은 우선 몸을 일으켰다. 우진의 방에 가봐야겠다고 생각했다. 부모님은 이미 출근했을 거였고 우진은 우현과 마찬가지로 이제 슬슬 일어날 시간이었으니 잠을 깨울 겸 들러 휴대폰이 어떻게 된 건지 물어보며 친구에게 연락이 왔다는 사실도 알려줘야겠다 싶었다.

그렇지 않아도 우현은 어떻게든 우진과 대면하는 타이밍을 만들기 위해 일주일째 노력하고 있던 처지였다. 백만 원을 빌려주고 나서부터 우진과 이야기를 나누려고 시도할 때마다 우진은 시간을 조금만 달라는 말만 하고 자리를 피했고, 툭하면 공부한다는 핑계로 자기 방에 처박혀 있었다. 부모님은 그런 우진을 보며 우현에게 물었다. 쟤 왜 저러니? 드디어 사춘기야? 우현은 우진에게 뭔가 중요한 일이 생겼다는 건 알고 있었지만 그게 무슨 일인지 정확히 아는 건 아니어서, 그리고 비밀로 하기로 한 건 지켜야 해서, 자신도 모른다는 듯 어깨를 으쓱했다. 우진에게 직접 무슨 일인지 듣게 되는 날이 오기만을 바랄 뿐이었다. 오늘이야말로 기어코 그 사연을 듣게 될 수 있을지도. 하지만 우현은 결코 몰랐었다. 우진이 아닌 다른 경로로 그 사연이 무엇인지 알게 될 줄은 전혀 헤아리지 못했었다. 우진의 방으로 가던 길에 S에게서 새로운 메시지가 하나 더 왔다. 우현은 그것을 읽으며 일주일 전처럼 또다시 가슴 한편이 곤두박질치는 기분을 맛보아야 했다.

　─우진이한테 오늘까지 백만 원 더 안 보내면 사진 무조건 뿌린다고 전해주세요^^

　그다음부터 있었던 일들은 명료하지 않은 흐릿한 기억으로만 남았다. 우진의 방에 들어가서 우진을 흔들어 깨우고, 휴대폰을 보여주고, 그러자 우진이 울었는데, 그런 일련의 과정이 현실감 있게 느껴지기보다는 무성영화의 몇몇 장면처럼 멀게 느껴져 마치 자신의 일이 아닌 남의 일을 스크린 밖에 앉아 멀리서 지켜보는 것 같았다. 그래도 우진이 울면서 했던 말들이 띄엄띄엄 어떻게든 인식되기는 했다. 보름 전에 봉사활동을 갔다가 S를 만났다는 것, 그날 통성명도 하고 번호도 교환하는 등 꽤 친해진 건 맞지만 특별히 무슨 일이 있지는 않았었다는 것, 그런데 며칠 뒤부터 자신의 얼굴을 야한 동영상과 합성한 이상한 사진이나 움짤을 보내오기 시작했다는 것, 처음엔 어차피 실제 사진이 아니니 무시하려고 했었다는 것, 그런데 자꾸 학교 홈페이지에 올리겠다며 협박을 했고, 그러다가 교복 치마를 들어올려 팬티가 보이도록 찍은 사진을 하나만 보내주면 더이상 연락하지 않겠다고 해서, 얼굴이 안 나온 사신이라면 괜찮지 않을까 생각했다는 것까지.

"그래서 진짜로 사진을 보냈어?"

아무리 그래도 우진이 그런 판단을 했다는 게 믿어지지 않았다. 우현의 물음에 우진은 시선을 피하며 머뭇거리다가 대답했다.

"그날 내 다리 사진을 몰래 찍었더라고."

"봉사활동 하던 날?"

"응, 보름 전에."

"미친 새끼."

"근데 그 사진에 오빠가 사준 인형이 너무 선명하게 나온 거야."

우현은 우진이 말하는 인형이 어떤 인형인지 단번에 알 수 있었다. 파산 의식을 다룬 다큐멘터리에 푹 빠졌던 우진이 아기 코끼리 캐릭터가 그려진 제품을 사모으기 시작하고 나서 얼마 지나지 않아 휴대폰 케이스, 필통, 쿠션, 담요 등 우진에게 있는 모든 물건은 온통 코끼리 캐릭터로 채워졌다. 당연히 가족들은 코끼리 캐릭터만 보면 우진을 떠올렸고 우현 역시 그랬다. 그래서 어느 날 길가에 있는 액세서리 가게를 지나가다 조그만 아기 코끼리 인형을 발견해 우진에게 사준 적이 있었는데, 우진이 어찌나 좋아하던지, 그냥 툭 던진 인형을 받아들고 진심으로 기뻐하던 우진의 표정을 우현이 아직까지도 잊지 못할 정도였다. 우진은 그것을 매일 책가방에 걸고 다녔다. 때가 타서 더러워지면 열심히 손으로 빨아서 깨끗하게 만든 뒤 다시 가지고 다녔다. '이게 내 트레이드마크야.' 우진은 그렇게 말했었다. 우진의 주변 사람들도 그 코끼리 인형을 다 알고 있을 게 분명했다. 그래서 사진에 코끼리 인형이 찍혔다면, 사진만 봐도 사진 속의 다리가 우진의 다리라는 것을 눈치채는 사람들이 꽤 있을지도.

"그 사진을 보니까 갑자기 너무 무서워졌어."

우진이 힘겹게 말을 이었다.

"다들 합성 사진도 진짜라고 믿을 것 같았거든."

우현은 망연히 우진의 이야기를 들으며, 얼마 전 중도 휴학한 한 학번 위의 선배를 떠올렸다. 학과 행사할 때 몇 번 본 게 다였지만 눈에 띄는 미모로 처음부터 새내기들 사이에서도 인기가 대단했던 선배였다. 그 선배의 남자친구는 다른 학과의 학생회장이었는데 둘이 썸을 탈 때부터 학교 전체가 떠들썩할 만큼 난리가 났다는 말이 전해질 정도로 유명한 커플이었다. 그러나 어느 날 둘은 갑작스럽게 헤어졌고 신배는 휴학을 선택했다. 곧 선배의 남자친구가 자신이 소속된 과의 단톡방에 선배와의 성관계 동영상을 올렸었다는 소문이 파다하게 퍼졌다. 한동안 어딜 가나 모두들 그 이야기로 수군거렸다. 선배와 친한 사람들이 그건 그 선배의 동의를 얻고 찍은 게 아니라고 말하고 다니는 것 같았지만 대부분 거기엔 별로 관심을 가지지 않았고, 그것보단 그 영상을 본 누군가의 입에서 나오는 '개가 생긴 건 그렇게 안 생겼는데 생각보다……'로 시작하는 이 야기에 더 관심을 가졌다.

심지어 일주일 전, 그러니까 우현이 우진으로부터 여러 개의 카톡을 연달아 받았던 그날, 스무 명이 넘는 동기들이 모여 있던 그 술자리에서도 선배가 언급됐었다. 우진에게 백만 원을 보내주고 다시 술집으로 들어갔을 때 우현은 분명 몇몇 사람들의 입에서 선배의 이름이 오르내리는 걸 들었다. 밖에 오래 있다가 다시 등장한 우현에게 사람들의 시선이 쏠리면서 자연스럽게 화제가 바뀌었기에 당시에 동기들이 선배에 관해 정확히 어떤 말들을 했는지는 알지 못했지만, 선배를 진정으로 위해서 하는 말들은 아니었을 게 분명했다. 그렇다 한들 어차피 우현은 선배의 일에 관심이 없었다. 얼굴과 이름만 아는 선배의 일에 굳이 신경을 쓰고 싶지 않았다. '어차피 내 일도 아닌데, 뭐.' 우현에게 연민과 개입은 별개의 문제였다. 게다가 그런 양아치 같은 놈을 만난 선배의 잘못도 조금은 있을 거라고 짐작했다. 그렇기 때문에 동생인 우진과 이야기를 하며 그 선배를 떠올리게 되는 날이 올 줄은 전혀 상상하지 못했었다.

"경찰에 신고하자."

우현은 여전히 울고 있는 우진을 향해 어렵게 말을 꺼냈다.

"신고해야 되는 거 아는데 무서워."

"왜?"

"신고하면 찾아와서 우리 가족 다 죽인댔어. 우리 집도 알고 엄마 아빠 회사도 다 알아. 오빠한테도 연락했잖아."

"그럼 엄마 아빠한테라도 먼저 말하자."

우진은 천천히 고개를 저었다.

"엄마 아빠는 무조건 네 편이야. 나도 마찬가지고."

"내가 잘못했다고 생각하실 거야."

우현은 그 말에 멈칫했다. 언젠가 사회 뉴스를 보며 '어린 애가 왜 저렇게 술을 마셨대?' 하던 아빠와 '아이고, 저렇게 많은 남자애들이랑 어울려 놀다니, 간도 크다!' 하던 엄마의 목소리가 들려오는 것 같았다. 고개를 저으며 속으로 중얼거렸다. 그건 모르는 사람의 일이었어. 우진이 일이라면 아마 다르게 생각하실 거야.

"네가 무슨 잘못을 했다고 그래. 봉사활동 갔다가 미

친놈 만난 게 죄야?"

일부러 부드럽지만 힘있게 우진을 다독였다. 그러나 우진은 퉁퉁 붓고 새빨개진 눈으로 우현을 바라보며 울먹였다.

"어쨌든 내가 나중에 사진 보낸 건 맞잖아."

그 말에 우현의 말문이 턱 막혔다. 우진은 이미 헤어 날 수 없는 사고의 늪에 빠진 것 같았다. 평소의 우진이 었더라면 결코 휩쓸리지 않았을 그런 부정적인 생각의 흐름에 깊이 잠식되어 있었다. 둘 사이에 계속 침묵이 흘렀다. 우현은 의자에 앉고 우진은 침대에 앉은 채 서 로 아무 말도 하지 않았다. 시간이 서둘러 지나가기를 기다리는 사람들처럼 가만히 있었다. 우현은 생각했 다. 그날 자신이 우진에게 돈을 바로 보내주지 않았다 면, 술자리를 그만두고 집으로 들어가 자초지종을 제 대로 들었다면, 그리하여 엄마 아빠에게 먼저 조언을 구했다면, 혹은 경찰에 신고를 했다면, 지금보다는 더 나은 상황이 펼쳐지지 않았겠는지. 우진의 입장에서는 자신의 오빠가 세 살이나 많아서 원하는 대로 술 담배 를 다 살 수 있는 의지하고 싶은 성인이겠지만, 따지고 보면 우현은 고작 넉 달 전에 미성년자 신분을 벗어난 처지에 불과했다. 그냥 처음부터 조금 더 확실하게 어른들의 도움을 받는 게 나았을지도 몰랐다. 하지만 자책한다고 달라질 건 없었다. 이제부터 어떻게 할지가 중요했다.

우현은 고집이 센 우진을 설득할 방법을 고민하며 우진을 바라보았다. 우진과의 물리적 간격이 그토록 가까운데도 불구하고 동생이 더없이 멀게 있는 것처럼 느껴졌다. 세 살 차이가 무색하리만큼 친밀했었는데, 언제 이렇게 아득해진 걸까. 똑같이 평범하고 성실하게 살아왔는데 왜 자신이 아닌 자신의 동생이 하필이면 이런 위험에 처하게 된 걸까. 그리고 스스로를 돌아보았다. 혹시 어쩌면 자신은 동생에게 이런 비슷한 일들이 닥칠 수도 있다는 것을 조금은 알고 있었던 건 아닌지. 살아오며 어떤 일들을 목격하거나 접했을 때 설마, 하면서도 내 일이 아니니까 외면하고, 미루고, 피하지는 않았는지. 우현은 이 일이 우진 말고 다른 사람의 일이었다면 자신이 어떻게 반응했을지 상상해보았다. 과연 지금처럼 '네가 무슨 잘못을 했다고 그래' 하고 다독여줄 수 있었을까? 문득 그날 술자리에서 휴학한 선배의 이름을 입에 올렸던 애들 중 한 명의 목소리가 머릿속을 스쳤다. '내가 다닌 고등학교에서도 비슷한 일이 있었는데 말이야.' 그리고 그애의 목소리 뒤로 끊임없이 이어지던 와자지껄한 웃음소리…….

*

우현은 소파에서 몸을 일으켰다. 시간을 확인하자 어느덧 열두시가 가까워져 있었다. 우진이 집을 나선 지 벌써 네 시간이 훌쩍 지난 뒤였다. 우현은 거실을 서성거리며 우진의 연락을 기다렸다. 우진은 계속되는 우현의 설득에 부모님과 경찰에게 알리는 쪽으로 결심을 굳힌 것 같았으나 마지막으로 조금만 더 시간을 달라고, 마음의 준비를 하고 싶다고 했었다. 그러곤 잠시 밖에 나갔다 와도 되느냐고 물었다. 우현은 도대체 우진이 어디에 가서 무엇을 하며 마음의 준비를 하겠다는 건지 예상이 되지 않았다. 혼자 내보내는 게 불안해서 분명 머리로는 말려야 한다는 것을 알고 있었지만 여기서 말리면 우진이 생각을 아예 바꿔버릴지도 모른다는 생각에 도저히 말릴 수가 없었다. 그렇게 하라고 할 수밖에. 대신 약속을 받아냈다. 점심 전까지는 돌아올 것, 그리고 휴대폰을 꼭 가지고 다닐 것. 다행히 우진의 휴대폰은 고장난 게 아니었다. 시간을 벌기 위해 S를 속였다고 했다. 어쨌든 약속을 꼭 지키라고 당부한 뒤 우현은 우진의 담임선생님에게 전화해서 오늘 우진이 아파서 학교에 못 가게 되었다고 둘러댔고, 우진은 집밖으로 나갔다. 그게 오전 여덟시쯤이었다. 우현 역시 덩달아 학교에도 가지 않은 채 거실에 앉아 우진이 돌아오기만을 기다렸다. 그저 기다리는 것만이 우현이 할 수 있는 전부였다.

이제 점심시간인데, 올 때가 됐는데. 우현은 중얼거리며 잠시 베란다로 나가 창문을 열었다. 여름이 벌써 오기라도 한 것처럼 날씨가 따뜻했다. 일주일 사이에 봄은 또다시 한 발자국 더 멀어진 것 같았다. 옷차림이 한결 가벼워진 바깥의 사람들을 내려다보며 우현은 올해 봄이 오기 직전, 우현의 대학교 입학과 우진의 고등학교 입학을 앞둔 어느 날에, 우진이 어디선가 읽고 말해주었던 봄의 속도에 관한 이야기를 떠올렸다. 우진은 눈을 반짝거리며 조잘거렸었다. 오빠, 제주도에서 개나리가 피고 나서 보통 이십 일이 지나면 서울에서도 개나리를 볼 수 있대. 제주도와 서울의 직선거리가

440km인데, 20으로 나누면 하루에 22km씩 봄이 올라오는 셈인 거지. 이렇게 말하면 엄청 성큼성큼 다가오는 것 같지? 그런데 그걸 24로 다시 나누어 시속으로 따지면 시속 900m라는 거야. 시속 900m면, 놀라지 말고 들어. 세 살짜리 아기가 찬찬히 걷는 속도에 불과하대. 그렇게 아기 발걸음으로 이십 일 만에 온 나라를 꽃피우는 거야. 정말 사랑스럽지 않아? 그러곤 덧붙였다. 빨리 봄이 왔으면 좋겠다.

우진은 어렸을 때부터 봄을 좋아했다. 사람을 좋아하고 새로운 환경을 좋아했기에 봄을 좋아할 수밖에 없는 성향이었다. 항상 겨울방학이 지나가고 얼른 새 학기가 오기를 손꼽아 기다렸다. 반대로 우현은 우진과 같은 이유 때문에 봄을 좋아하지 않았다. 새로운 사람들을 새로운 환경 속에서 만난다는 부담감, 다시 무언가에 적응해야 한다는 중압감에 시달렸다. 그래서 매년 삼월이 되고 개학일이 오면 우현과 우진은 상반된 표정으로 함께 집을 나서곤 했다. 증거 사진도 있었다. 우현의 고등학교 입학 날이자 우진의 중학교 입학 날에 각각 새로운 교복을 입고 현관 앞에 선 모습을 엄마가 찍은 것이었는데, 우현과 우진을 전혀 모르는 사

람이 봐도 학교 가기 싫어하는 첫째와 학교 가고 싶어
하는 둘째를 가려낼 수 있을 정도였다.

"그런데 네가 이제 봄을 싫어하면 어떡하지?"

우현은 갑자기 눈물이 나올 것 같았다. 어딘가가 콱
막힌 것처럼 답답했다. 가슴을 두어 번 내리쳤다. 오늘
아침 우진의 방에서 우진과 대화하며 보았던 아기 코
끼리 인형이 눈앞에 아른거렸다. 평소에는 늘 책가방
에 걸려 있던 인형이 오늘은 책상 한 구석에 쓸쓸히 놓
여 있었다. 우진은 그 인형을 언제 떼어냈을까? 확실한
점은, 보름 전만 해도 그 인형이 언제나처럼 책가방에
매달려 있었다는 거였다. 우현은 우진의 보름에 관해
생각했다. 우진이 S를 처음 만나 오늘에 이르기까지의
보름. 봄이 느릿느릿 움직이는 것처럼 보여도 이십 일
만에 온 나라를 삼키는 것처럼, 우진의 일상을 서서히,
그러면서도 순식간에 집어삼켰던 그 보름이라는 시간
을. 단지 보름 만에 모든 게 엉망이 될 수 있다는 것이,
그렇게 짧은 시일 안에 그토록 많은 게 바뀔 수 있다는
사실이 믿어지지 않았다. 그러나 어떻게 보면 이건 단
순히 보름 동안만의 문제는 아닐지도 몰랐다. 이 끔찍
한 보름을 가능하게 만들었던 다른 모든 요인이 이전

부터 아주 면밀하게 상호작용하고 있던 것이었다. 그리고 수많은 사람이 그 상호작용을 보지 못한 척 내버려두며 견고한 흐름을 유지하는 데에 기여한 것이었다.

우현은 베란다 창문을 닫고 다시 거실로 들어왔다. 소파 바로 위 정중앙에 걸려 있는 가족사진을, 네 명의 사람과 두 마리의 코끼리가 같이 찍은 그 사진을 재차 물끄러미 바라보았다. 코끼리는 육십에서 길게는 칠십까지도 살 수 있다고 했다. 그렇다면 우리가 올라탔던 저 코끼리들은 여전히 살아 있을까? 살아 있다면 아직까지도 사람들을 태우고 있을까? 우현은 한참 동안 코 끝을 만지작거리며 사진을 주시했다. 그러면서 계속 이런저런 생각을 이어나갔다. 선배는 다시 학교에 돌아올까? 우진은 내년에도 봄을 기다릴까? 우진이 다시 책가방에 인형을 걸고 다니게 하려면, 나는 어떻게 해야 할까?

마침내 우현은 천천히 소파를 밟고 올라갔다. 두 손을 뻗었다. 십 년째 같은 자리에 걸려 있던 그 사진을 떼어냈다. 사진을 들고 소파에서 내려왔다. 그런 뒤에 사진 속의 어린 우진이 타고 있는 코끼리를 뚫어지게 쳐다보며, 이미 대낮인데도 한껏 잠긴 목소리로 중얼거렸다. 이 코끼리는 파잔 의식을 며칠 동안 치렀을까? 잘은 모르지만 왠지 보름 정도면 충분했을 것 같았다. 단 보름 만에 코끼리는 저항하려는 마음을 내려놓았을지도 몰랐다. 우진이 보름이라는 시간을 겪고 책가방에서 인형을 떼어냈던 것처럼, 그렇게, 겁에 질려 모든 것을 포기하고 싶었을지도 몰랐다. 우현은 휴대폰을 들었다. 그러곤 끔찍한 보름을 가능하게 만들었던 상호작용의 견고한 흐름을 끊어버리려면 어떻게 해야 할지 순서를 정해보았다.

직구를 던지는 소설

위수정(소설가)

여기, '본질'이라는 것에 대해 정직하게 물음을 던지는 소설이 있다. 「갈래의 미학」에서 세라는 라이트모티프에 대해 말한다. 라이트모티프란 "악극에서 반복적으로 나타나는 중심 악상"을 의미하는데 세라는 그것을 인생에도 적용한다. 삶에서 생기는 모든 순간이 일종의 복선이나 암시로 작용해서 결국 인생을 결정짓고 있는 것이라고. 하지만 '나'는 세라의 그런 라이트모티프에 대한 믿음을 부정한다. '나'는 운명론자가 되기를 원하지 않기 때문이다. 자신의 삶이 신의 계획대로 이미 정해져 있는 것이라면, 인간의 의지란 결국 무용하기에. 세라의 부유한 삶과는 다른 환경에서 살아가는 '나'는 그러한 무기력함에 빠지고 싶지 않은 것이다.

"세라와 어울려 다니게 된 계기는 묘연했지만 세라와 멀어지게 된 계기는 비교적 명확"했다고 말하는 '나'는 닮은 점이 거의 없는 세라와 무슨 연유로 오랜 시간 어울리게 되었는가에 대해 지속적으로 질문한다. 이 소설은 '나'와 세라가 나이아가라폭포를 보러 가는 여정을 통해, 마치 '나'의 대척점에 자리한 듯 달랐던 세라와 친밀한 관계를 유지할 수 있었던 이유를 깨닫게 되는 과정을 보여준다.

세라가 이끄는 대로 따라갔던 캐나다의 한 호텔에서 보였던 호스슈폭포. 호스슈폭포는 캐나다에서 나이아가라폭포를 부르는 다른 이름이다. 호스슈폭포가 바라보이는 호텔에서 세라는 '나'에게 입을 맞춘다. 그런 세라의 행동이 즉흥적인 감정의 장난이 아니라는 것을 알고 있음에도 '나'는 그 일을 '작은 해프닝'으로 치부해버린다. "미치면 좀 어떠니?"라는 세라의 말에 자신은 포함되지 않는 종류의 인간이라는 자각과 함께,

'나'는 그저 배짱이 부족해서 세라와 함께하지 못했다고 생각한다. 둘의 관계는 '미쳐야'만 가능한 관계였을까? 우리에게 동성과의 사랑은 아직도 그런 특별한 용기가 필요한 일인지도 모르겠다. 그러나 사랑이라는 감정은 의지와 무관한 것. 마치 라이트모티프가 자신의 의지와 무관하게 불쑥 찾아오는 것처럼. 세라는 단순한 운명론자가 아니라 삶의 곳곳에 숨어 있는 복병 같은 순간들을 세심하게 감각하는 인물인지도 모르겠다. 그러나 어떤 이는 그러한 감각들을 모른척한다. 당황스러운 감정들을 의지로 무마한 채 아무 일 없었다는 듯 삶을 진행시키려 애쓰기도 한다. 그것을 어리석다고 말할 수 있을까.

같은 원류를 지닌 폭포가 캐나다에서는 호스슈로 미국에서는 나이아가라로 불린다. 세라는 '본질'에 대해 말한다. 여기에서 보는 폭포와 저기에서 보는 폭포의 모습이 다를지라도 결국 하나의 폭포일 뿐이라고. 같은 폭포라고. 세라가 말하는 그때의 그 폭포는 사랑의 다른 말일 것이다.

자연스럽게, 어쩌면 자연스럽지만은 않은 방식으로 멀어진 둘은 그냥 그렇게 다른 길로 갈라져 흘러가 다시는 만나지 않을 수도 있었다. 하지만 '나'는 라이트 모티프 같은 것을 믿지 않는 사람이지 않은가. 그러므로 전조라든가 암시를 기다리지 않는다. 어머니의 요양원이 '마침' 세라의 집 근처에 있기를 바라기 전에, 자신이 스스로 라이트모티프를 만들어가는 방식을 택한다. 세라의 집을 찾아내고, 세라의 딸 재이를 알아낸다. 그리고 버스에서 내리는 재이를 따라 급히 버스의 하차 벨을 누른다. '나'는 뒤늦게 후회하는 사람이 아니라 스스로의 삶을 만들어가려는 사람이다. 이를 어리석다고 할 수 있을까.

둘의 흐름은 달랐지만, 결국 하나의 물줄기를 이루어 흐르게 되기를 바란다. 갈래의 미학이란 그런 것이 아닐까. 결국 본질은 같다는 세라의 말이, 그 마음이, 변치 않았기를. 본질이라는 것이 존재한다면 그것은 변함없음을 말하는 것일 테니. 과연 그런 것이 있을까, 질문하기보다는 그런 것이 있었으면, 하고 바라는 마음으로.

한편, 여기에는 '현상'에 대해 말하는 소설도 있다.

길든 코끼리. 우리가 언젠가 관광지에서, 또는 텔레

비전에서 보았던 순한 코끼리. 사람을 등에 태우거나 그림을 그리거나 쇼를 해서 관광객들에게 웃음을 주는 코끼리. 그것을 소비하는 관광객들은 '파잔 의식'에 대해 모를 것이다. '아기코끼리를 묶어두고 저항하지 못할 때까지 때리고, 찌르고, 굶겨서 자의식을 파괴하는 의식'. 인간 친화적으로 보이는 코끼리는 사실상 파괴된 코끼리의 모습일 뿐이라는 잔인한 사실을.

우현은 동생 우진이 집에 돌아오기를 기다리며, 언젠가 우진이 말했던 파잔 의식을 떠올린다. 오빠인 우현과 달리 당찼던 우진. 그러나 우현은 우진이 보냈던 지옥 같은 보름의 시간을 알지 못했다. 온라인 성폭력을 당한 동생을 위해 우현이 할 수 있는 일은 알바비를 가불해 돈을 보내주거나, 분노하거나, 집에서 초조해하며 동생이 돌아오기를 기다리는 것이 전부이다. 오빠이긴 하지만 우현은 이제 막 대학생이 된 어린 남성일 뿐이다. 우현은 할 수 있는 일이 별로 없다. 무기력. 그것은 우리를 절망으로 이끄는 어둠이다. 무기력한 남성과 성폭력 피해자인 어린 여성. 앞서 말했듯, 둘은 남매이다. 이 이야기는 어떻게 흘러갈까?

질문을 달리 해보자. 어린 남성과 더 어린 여성. 남

자는 막 대학생이 되었고 고등학생인 여성은 온라인 성폭력에 노출되었다. 둘은 남매가 아니다. 이 이야기는 어떻게 달라질까? 보는 나의 위치에 따라 시선은 달라진다. 캐나다에서 보는 것과 미국에서 보는 폭포의 모습이 다른 것처럼. 작가는 이런 다른 시선을 이미 우현을 통해 보여주고 있다. 타인의 고통을 방관자로서, 방관함으로써, 자신도 알지 못하는 사이에 가해자의 바운더리 안에 서 있는 우현을. 이것은 본질에 관한 이야기가 아니다. 아니, 본질을 외면하고 현상만을 바라보는 우리에 관한 이야기라고 해야 할까. 외면한다는 의식도 없이.

살아오며 어떤 일들을 목격하거나 접했을 때 설마, 하면서도 네 일이 아니니까 외면하고, 미루고, 피하지는 않았는지. 우현은 이 일이 우진 말고 다른 사람의 일이었다면 자신이 어떻게 반응했을지 상상해보았다. 과연 지금처럼 '네가 무슨 잘못을 했다고 그래' 하고 다독여줄 수 있었을까?

코끼리가 조련사의 제스처에 따라 코로 사과를 건네

고, 다리를 들어올린다. 거대한 몸을 굴러 묘기를 부린다. 코끼리가 웃어요. 사람들은 그 모습을 보며 박수치며 즐거워한다. 자신의 아이들과 함께 기념사진을 찍는다. 파잔 의식 같은 것이 있다는 사실을 알았다면 안 그랬을 거예요. 울먹이며 말한다. 나와 같은 종이 아닐 경우, 나와 가까운 이가 아닐 경우, 나의 혈육이 아닐 경우, 결국 내가 아닐 경우, 우리는 때때로 방관자의 어리석음을 택한다. 택한다는 의식도 없이. 무지는 죄가 아닐까. 종종 되묻게 된다. 우리는 직접적인 경험을 통해서만 깨달음을 얻을 수 있는가? 우진에게 성폭력 사건이 생기지 않았다면 우현은 우진을 잠식한 보름이라는 시간이 "단순히 보름 동안만의 문제"가 아닐 수도 있다는 사실을 자각하지 못한 채 살아가게 되었을까? 본질을 향해 직구를 던졌던 「갈래의 미학」과 달리 「보름」에서는 현상을 드러냄으로써 우리가 의식, 무의식적으로 외면해왔던 일종의 본질 또는 세계의 진실에 대해 이렇게 질문을 던진다. 물론 그 질문은 역시 돌직구에 가깝다.

사르트르는 말한다. 실존이 본질에 선행한다고. 이 말은 황윤정의 소설에서 말하는 '본질'과 혼동되어서는 안 될 것이다. 무신론자이자 실존주의자가 말하는 저 '본질'이란, 인간의 존재 바깥에 있는 어떤 초월적인 힘, 인간의 의지와 무관하게 인간의 삶을 결정짓는 저 너머의 무언가를 지칭한다. 사르트르가 말하는 '본질'이란 개인이 존재하지 않는다면 무의미하다. 왜냐하면 개인의 자유와 의지만이 본질, 즉, 개인의 삶과 운명, 더 나아가 세계를 만들어갈 수 있기 때문이다. 우리의 삶은 우리가 아닌 신 또는 신적 존재에 의해 결정되거나 미리 운명지어진 것이 아니다. 그러므로 이런 세계에, 이러한 삶을 살게 된 이유를 인간이 아닌 다른 것에서 찾는 것은 무의미하다. 그런 의미에서 황윤정의 소설 속 인물들은 실존주의적 면모를 보이고 있다고 말할 수 있을 것이다. 「갈래의 미학」에서 자신의 라이트모디프를 스스로 만들어나가는 화자, 「보름」에서 자신이 미온적인 태도로 주위의 사건들을 대했다는 사실을 자각하는 우현. 그들은 어쩌면 조금 늦게 깨닫는 사람들인지도 모르겠다. 소설의 '이후'가 존재한다면 이 인물들은 전과 다른 선택을 하고 전과 다른 삶을 만들어나가게 되리라. 꼭 그러리라 확신한다. 비록 그것이 누군가의 눈에는 너무 늦었거나, 너무나 미미해서 그러한 변화가 이 세계에 어떤 영향을 끼치는지 물을 수도 있겠다. 그러나 개인에게 있어서는 혁명과도 같은 변화라는 사실을 우리는 안다. 그러한 변화들이 모여 세계가 다르게 이루어져 간다고, 그것이 진화라고, 믿는다. 그리고 결국 하나의 물음에 도달하게 된다.

우리는 무엇을 깨달아야 하는가.

작가의 말

애타게 봄을 기다리고 있던 작년 겨울의 어느 날, 예상하지 못한 자동차 접촉사고가 일어났습니다. 모든 처음 겪는 일들이 으레 그렇듯 무척 당혹스럽고 난감하기만 했어요. 미숙하게 사후처리를 하는 내내 머릿속은 온통 뒤죽박죽이었지요.

그런데 더 큰 문제는 그다음부터였어요. 사고를 겪고 난 뒤 운전대를 잡는 것을 두려워하는 사람들이 많다는 이야기를 듣곤 했었거든요. '더이상 운전을 할 수 없으면 어떡하지?' 새로운 걱정이 불현듯 저를 사로잡았어요.

하지만 정말 다행스럽게도 저는 다시, 그것도 곧바로, 운전을 할 수 있었습니다. 물론 완전히 평온한 마음으로 운전대를 잡았던 건 아니에요. 여러 번의 상당히 긴 심호흡이 필요했지요.

제가 용기를 낼 수 있었던 건 스스로에게 되뇌던 한 문장 덕분이었습니다.

또하나의 극복해야 할 무언가를 만났다.

언젠가부터 저는 상대하기 벅찬 벽을 마주할 때면 그렇게 중얼거리곤 했어요. 그러면 힘들고 어려워 보이기만 했던 일들에 대해서도 이겨낼 수 있다는 의지가 샘솟더라고요. 그러다 문득 의문이 생겼습니다. 이처럼 저의 삶을 지탱해 주는 회복탄력성이 도대체 언제부터 생겼을까.

답을 찾는 건 어렵지 않았어요. 바로 '소설'을 쓰기 시작했을 때부터였어요. 바로 그때부터 저만의 회복탄력성을 갖추기 시작했다는 것을, 그로 인해 예전보다 제법 단단하고 옹골진 자아를 확립할 수 있게 되었다는 것을, 저는 본능적으로 알고 있었습니다.

당연히 아직도 그 수준은 조악하고 가야 할 길은 멉니다. 여전히 너무나도 여리고, 어리고, 무른—내면의 가장 중심에 놓인 씨앗을 누군가에게 들킬까봐 초조하고 불안하기도 하고요. 그래도 그 씨앗을 더 견고하게 가꾸어나갈 수 있는 유일한 방법이 단 하나뿐이라는 것, 그것이 다름 아닌 '소설 쓰기'라는 것을 알기에 오늘도 제가 바라보는 세상은 퍽 아름답습니다.

가끔 이런 질문을 받곤 합니다. 요즘에도 소설을 써요? 저는 언제나 다음과 같이 답할 수밖에 없습니다.

계속 쓰고 있어요. 계속 써야 해요.

제가 이렇게 답할 수 있도록 변함없이 같은 자리에서 묵묵히 응원해주는 사람들에게 고마움을 전합니다.

황윤정

서강대학교에서 국어국문학을 전공했다. 2018년 〈경인일보〉 신춘문예에 단편 「린을 찾아가는 길」이 당선되며 등단했고 이듬해 단편 「오르톨랑」과 「로마, 로마, 로마」로 각각 부천신인문학상과 김포문학상 대상을 수상했다.
저서로 『그러나 스스럼없이』(공저)가 있다.

갈래의 미학

초판 1쇄 인쇄 2023년 12월 12일
초판 1쇄 발행 2023년 12월 22일

지은이 황윤정

편집 이경숙 정소리 이고호 | 디자인 윤종윤 이주영
마케팅 김선진 배희주 | 저작권 박지영 형소진 최은진 서연주 오서영
브랜딩 함유지 함근아 고보미 박민재 김희숙 박다솔 조다현 정승민 배진성
제작 강신은 김동욱 이순호 | 제작처 천광인쇄사

펴낸곳 (주)교유당 | 펴낸이 신정민
출판등록 2019년 5월 24일 제406-2019-000052호

주소 10881 경기도 파주시 회동길 210
문의전화 031.955.8891(마케팅), 031.955.2692(편집), 031.955.8855(팩스)
전자우편 gyoyudang@munhak.com

인스타그램 @gyoyu_books | 트위터 @gyoyu_books | 페이스북 @gyoyubooks

ISBN 979-11-92968-96-4 03810

이 책은 경기도, 경기문화재단의 지원을 받아 발간되었습니다.